엄마 발
내 발

예옥

엄마 발 내 발

1판 1쇄 인쇄 | 2018년 2월 22일
1판 1쇄 발행 | 2018년 2월 28일

지은이 | 김성민 김혜숙 도명학 박영애 박주희 백이무 설송아 송시연
오은정 이가연 이수빈 장 길 주아현 지현아
펴낸이 | 서울대학교 통일평화연구원
편 집 | 권영임
디자인 | 김세준

펴낸곳 | 예옥
등 록 | 제2005-64호(2005.12.20)
주 소 | (03387) 서울시 은평구 연서로22길 16-5(대조동) 명진하이빌 501호
전 화 | (02)325-4805
팩 스 | (02)325-4806
이메일 | yeokpub@hanmail.net

ISBN 978-89-93241-60-0 03810

값 10,000원

2017년도 서울대학교 통일기반구축사업의 지원을 받아 수행된 결과물임.

이 도서의 국립중앙도서관 출판시도서목록(CIP)은 서지정보유통지원시스템 홈페이지(http://seoji.nl.go.kr)와 국가자료공동목록시스템(http://www.nl.go.kr/kolisnet)에서 이용하실 수 있습니다.(CIP제어번호: CIP 2018005553)

엄마 발 내 발

북한 인권을 말하는

탈북 작가 시선집

김성민 · 김혜숙 · 도명학
박영애 · 박주희 · 백이무
설송아 · 송시연 · 오은정
이가연 · 이수빈 · 장 길
주아현 · 지현아

예옥

차례

김성민

/

쌀에 대한 이야기

그 여름을 내가 살았다

동작대교 위에서

찬 겨울바람이 불 때마다

그곳에 가면, 너의 이름을 부르고 싶다

쌀에 대한 이야기

1

가을걷이가 시작되면서 들판은 서서히 몸통을 드러내기 시작한다. 받는 것만큼 주기로 한 천 년의 약속, 약속의 땅은 언간의 발자취 따라 길게 드러눕는다. 바람이 분다. 눈이 내린다. 살붙이처럼 여겨지던 땅도 겨울이 오면 버림을 받는다.

2

이곳 서울엔 쌀을 살리자는 사람들이 있다. 밤낮 외친다. 죽어가는 모든 것 위해 유독 쌀이 살아야 하는 이유는 모르겠다.

3

삼 일을 우려낸 푸성귀 산짐승이 핥다가 만 나무뿌리들 미궁 같은 가마 속에서 한 되의 보리쌀이 버무려진다. 누이의 정조와 맞바꾼 것이다. 매운 눈을 비벼가며 저녁연기를 피워 올려라 자식을 굶겨 죽인 아비면 어떠냐. 원수 같은 삶과 억세게 악수하며 죽지만 말자, 죽지만 말자, 오늘도 밥술을 놓지 못하는 불우하고 또 불우한 삶 앞에서 오늘도 서울엔 쌀이 남는다.

그 여름을 내가 살았다

플라타너스에선 벌써 낙엽이 지고 있다
너도 여름을 떠나고 싶었나 보다
뭐니 뭐니 해도 싫은 건 지하철 환승역의 땀내였다
쫓기우는 듯하던 발소리
웃음 한 점 묻어 있지 않은 얼굴들
어깨라도 닿을라 싶으면 무섭게 이글거리던 시선들

맹목적인 속도와
자신만을 위한 감각과
출구를 찾는 억함이 토해내는
그 바닥 냄새
나도 지상에 커다란 궁전 하나쯤 쌓고 싶었다.
길 없는 고향의 그리움으로 땅을 갈고 흙을 이겨서
바람과 구름과 푸른 하늘에
미소하는 미소할 수 있는 脫家者의 보금자리
더 이상 낯설지 않고 더 이상 부러워 울지 않는

영혼의 성당과 겨루고 싶었다.

이제 소원만 남긴 긴 여름으로부터 도망한다.

모기와의 전쟁을 치러야 했던 여름 밤

속옷을 백기처럼 흔들며

졸음과 더위와 땀 배인 삶 앞에 항복해야 했던

여름은 가고 가을이 온다.

낙엽 한 끝을 가슴에 간직한다.

동작대교 위에서

다리 위를 걷는다
강물이 비껴간다
잿빛 연기 속에 차들이 달려간다
어디선가 굴러온 흰 종이 하나가
질주하는 차바퀴 밑에 몸을 던진다
정체를 알 수 없는 바람소리로부터
차창 속 번들거리는 눈빛들로부터
방황하는 자신이 발견된다
수수떡 같은 전등알이 힘겹게 매달린
다리 위, 무너지지 않은 대교에서
다급해지는 이유를 모르겠다
불쑥 먼 곳의 옥류교가 떠오른다
낮과 밤이 엇바뀌는 저녁 어스름 속에
다가오는 붉은 노을이 고마울 뿐이다

옥류교를 아시나요? 내 고향 강변에 푸른 기와를 떠이고 사람들의 눈뿌리를 슬그머니 부여잡는…… 그 야외식당의 난간에 서면 손닿을 듯한 거리에 무지개처럼 비껴간 다리가 있답니다. 열두 개 교각 밑에 구슬같이 맑은 물이 흐른다고 해서 옛 사람들이 지어낸 이름이 옥류교라 했던가요.

집에서 학교로, 학교에서 집으로 매일처럼 걷던 다리인데 길이는 팔백 미터, 너비는 이십이 미터, 자동차 넉 대가 너끈히 지나다닐 수 있는 내 고향의 둘도 없는 자랑이랍니다. 어려서 학교 다닐 때는 어머니가 그 한 끝에서 손을 흔들어주셨고 학교에서 집으로 돌아갈 때는 또 다른 한 끝에 선생님이 늘 서 계셨습니다. 커서 군대 갈 때 그 다리머릿돌 모서리에 이름 석 자 적어놓았다가 관리원 영감한테 뒤통수 얻어맞던 일도 있고 친구들과 옹노를 놓아 강 비둘기 잡아먹던 기억도 어느 난간 끝에 매달려 있거든요. 멀리 멀리 떠날 때요. 도망치듯 고향을 떠나버릴 땐 그놈의 다리가 얼마나 길어 보이던지…… 예까지 닿아 있다면 누가, 믿으시겠나요?

찬 겨울바람이 불 때마다

찬 겨울바람이 불 때마다
마른가지 투성이의 키 낮은 아카시아
마구 흔들린다

고향 마을의 길이 끝나는 곳에서
야윈 황소가 지쳐 쓰러진 겨울 들판에서
생각의 나무는 늘 아프다

언제 새순 돋고
봄물 오르려나
파란 잎 떨치며 하늘을 우러를 거냐

가시나무 흔들리는
고향의 겨울은
왜 지금껏 추운 것이냐

그곳에 가면, 너의 이름을 부르고 싶다

별 지는 새벽
소리 없이 시원을 여는
너의 첫 기슭에 서면

굴며 뒹굴며,
천 길 낭떠러지를 또 거슬러……
모란봉의 하얀 폭포수가 떠오른다

산자락 이름 모를 풀이며 꽃들과
냇가에 피었던 봄, 산딸기들과
지는 달을 초조히 바라보던 그 그림 앞에 서면

작고 가벼운 교훈 하나 남기고 싶다
비수와 같고 흔들림 없는 사랑을 살았노라고

김성민

1962년생. 평양에서 인민학교와 고등중학교를 졸업, 1978년 8월 북한군 입대. 10년간 사병생활을 마치고 평양 김형직사범대학 입학. 북한군 예술선전대 작가 겸 연출가로 활동하다가 1999년 대한민국에 입국. 현 자유북한방송국 대표. 민주평통 자문위원, 국가인권위 '북한인권포럼'위원으로 활동. 저서로는 『고향의 노래는 늘 슬픈가』(시집), 『10년 후 북한』(공저)이 있음.

김혜숙

/

아들이 왔다

아들이 왔다

문득 걸려온 기적의 전화 벨소리
멎어버린 숨통을 열며 눈물이 되어 울린다.
눈보라 이는 두만강
사나운 얼음 위 강바람을 헤치고
내 아들 준이가 온단다.

얼마나 손이 시릴까! 발이 시릴까!
얼마나 가슴이 시려 올까!
얼마나 무서울까!
기쁨과 아픔이 한꺼번에 미어져

준이가 떠나오던 그 밤부터
세계 지도 앞에 선 엄마
만리타향 어딘가를 기록했다.

위험지역은 붉은색

안전지대에 푸른색
통과한 시간마다 지역마다 별과 하트가 그려지고
한 줌만 한 가슴을 움켜쥐고
꼬박 기도하면서 날을 밝혔다.

엄마가 보낸 알 수 없는 사람의 뒤를 좇아
처음 보는 이국땅에 담대히 발을 디디고
귀에 선 말도 길도 처음인 아들

위험한 고비들을 하나씩 차분하게 견디며
맞이하고 잘 따라 준 아들이 고마워서
장하고 대견해서

만날 그날을 기다리며 설레던 낮과 밤들을
어찌 헤일 수 있으랴.

오죽 힘이 들었을까.
끝없이 그립고 보고파서
사랑하며 원망했을 엄마 품이었건만

자유주의 민주주의를 새로 배우는
교육생의 목소리는 먼저 어른이 되고
안아 주기는커녕 안기어야 할 만큼
훌쩍 커버린 아들이 서먹해서
엄마는 기쁘면서도 세월이 야속하다.

하늘을 우러러 변명하는
어미의 눈물이 바다가 되어
넓은 우주를 다 적셔도

엄마 없이 지냈던 절대의 고독과 서러움
부모 없는 세월에 당한 수모, 고통, 배고픔

어른 아들의 눈물과 한을
씻겨줄 수 없음을 안다.

야속한 세상을 원망할 수밖에 없는
이 못난 엄마를
어찌하랴.

수년 세월 곁에 없는 아들을 찾으며
준이야, 엄마를 용서하지 말아라.
아픈 가슴을 두드리며
눈물로 용서를 빌고 또 빌었지만

오늘 곁에 둔 준이에게
그래도 용서를 구하고 싶구나.
아들아,
엄마를 너무 미워하지 말아다오.

김혜숙

수필, 장편소설, 칼럼 등 다수 발표.

도명학

/

곱사등이들의 나라

얼룩진 추억

철창 너머에

결박된 자유

곱사등이들의 나라

국경의 마지막 밤
벌레둥지 같은 열차는 멎고
장사 짐에 짓눌려 두 눈 부릅뜬,
차라리 네 발 걸음이 어울릴, 허리 굽은 인생들이
플랫홈에 쏟아진다.

먹기 위해 등짐을 졌고
살기 위해 권력 앞에 허리 굽힌 사람들
굶어죽을 순서를 그냥은 못 기다려

차라리 등을 펴길 포기한 사람들
차라리 곱사등이 흉내가 편한 나라
세상에 맞서 가슴을 쭉 펴라는 자아의 절규 따윈
펴면 죽는다는 현실의 불호령을 이기지 못한다.

눈물로 빚어진 생존의 등짐보다는

만세 소리에 취한 뚱뚱이가 더 무거워

누구 때문에? 언제까지? 무슨 죄로?

…… ???

오늘도 물음표 같은 곱사등이들이 쏟아져내리는

아, 공화국의 마지막 종착역

얼룩진 추억

세월이 가면
추억은 오래된 사진처럼
얼룩이 진다

고통스러웠던 추억들
어느새 얼룩에 가려
희미해져가는데

그러나
아직 북녘에선
날마다 고통의 사진들
생생히 찍힌다

내게는 추억이지만
그곳엔 현재다

나는 오늘도 추억을 더듬어

얼룩을 지운다

철창 너머에

허리 부러진 앞니를 드러내고
군복 입은 계호원이 바보같이 웃고 있었다.

정치범이
함부로 뱉는 얘기를
규정 따윈 없다는 듯
얼빠진 감시자는 신나게 들었다.

죄인이 쏟아내는
지구촌 얘기에 군침을 흘리며
귀 닳은 수첩에 메모도 하고

선생으로 불리는 감시자가
수인번호로 불리는 정치범에게
룸살롱을 묻고
햄버거를 묻고

휴대전화 사용법을 묻고
상하이를 묻고
'아랫동네'[*)]를 물었다.

남쪽 DVD 몇 장에
순번을 다투다
역적이 보는 앞에서
영혼 없는 군복들이
멱살잡이를 할 때
자유의 감로주를 마셔본 반역은
억압자들의 무지를 말없이 조소했다.

바깥세계에 목마른 우물 안 개구리들의 감방
나는 그 시절

---

*) 아랫동네: 남한

내가 철창 속에 갇힌 것이 아니라

철창 밖에 군복들이 갇혀 있는 것을 깨달았다.

결박된 자유

하늘에 떠 있는 모든 것이 부럽다

바람도, 구름도, 새들도,

가고프면 가고 머물고프면 머문다.

자유란 말도 모르는 공중의 것들

그것들이 오히려 자유다.

나서 자란 고향이 그리워도

휴전선 철조망에 넝마처럼 걸리는 마음

그러면서도

자유를 말하는 내 입술이 지지리도 어색하다.

도명학

1965년 북한 양강도 혜산 출생. 김일성종합대학 조선어문학부 창작과 수료. 전 조선작가동맹 소속 시인. 반체제작품 혐의로 북한 국가안전보위부에서 삼 년 투옥, 2006년 출옥 후 한국으로 입국. 현재 자유통일문화연대 상임대표, 한국소설가협회 회원. 한국소설가협회 월간지 『한국소설』로 등단. 소설 「재수 없는 날」, 「생일」 등, 에세이 「휴대폰이 없었으면 좋겠다」, 「시(詩)야? 암호야?」, 「사라져 가는 이웃사촌」 등 다수 발표.

박영애

/

소나무 껍질

엄마 생각

소나무 껍질

한 겹 한 겹 빠알간 속껍질을
칼로 긁어냅니다
입으로 가져가 맛을 봅니다.
쓰거움이 입안을 감쌉니다.

침을 뱉고는 또다시
한 꺼풀씩 벗겨냅니다.
소나무는 울면서 아프다 소리치지만
배 가죽이 등에 붙은
내 귀에는
들리지 않습니다.

이성을 잃은 듯 정신없이
영혼이 빠져나간 듯 미친 듯이
벗겨냅니다.

그리곤 양잿물에 우려서

한 끼 식사 준비합니다.

냠냠 밥인 양 먹고 있는

내 모습은 들짐승과 뭐가 다를까요.

엄마 생각

휴전선만 걷어내면
반나절 길 지척에
안기면 목 놓아 울어버릴
울 엄마가 있습니다.

그립다고 볼 수 없고
만지고 싶다고 만질 수 없는
울 엄마!

타향살이 외로움에
밤마다 꿈결에
살포시 안아주는 엄마

소리 없이 사라진 못난 이 딸을
애타게 부르고 부르다 목이 쉬어
이제는

지쳐버렸을 엄마

이 딸이 눈에 밟혀 웃음도 잃고
얼굴에 깊은 잔주름이 생겼을 엄마
귀밑머리 흰 파뿌리가 되었을 엄마

아플 때면
엄마, 엄마, 소리 내어 마구 울고 싶어도

내가 아프면 엄마도 아플 것 같아
울지도 못하고
그저 마음속의 응어리로 남아 있습니다

힘든 일이 있어도
슬픈 일이 있어도
마음에 들려오는

엄마 목소리

바람결에 실려 오는

엄마 냄새에

내 안에 용기가 머물러 있고

엄마의 사랑엔 휴전선이 없습니다.

박영애

1978년 함경남도 함흥출생. 2007년 탈북하여 2009년 한국으로 입국.

박주희

/

만남의 그날까지
보낼 수 없는 편지

만남의 그날까지

피곤에 지친 사람들
잠이 든 이른 새벽
서리 낀 대문이 조용히 열린다

작은 체구의 부석한 얼굴
자그마한 보따리 가슴에 안고
곧게 뻗은 골목길로
걸음을 옮기는 여인

한참을 걷던 여인의 눈에
이슬처럼 맺힌 눈물이여
싸늘한 새벽 공기에 얼어 든
손등 위로 하염없이 떨어진다

그렇게 엄마는 고향을 떠났다
7살 난 어린 아들을 빈 집에 남긴 채

지킬 수 없는 약속을 뒤에 남기고
고향을 떠났다

열 밤이 지나면 돌아온다고
돈 벌면 맛있는 거 많이 사 준다며
사랑하는 아들과 손가락을 걸었던 엄마

자식을 사랑한 엄마였기에
배고픔에 지친 자식을 위해
탈북을 선택한 엄마

그때는 몰랐다
돈 벌면 고향으로 돌아올 줄 알았건만
눈물로 넘었던 압록강을
다시 건널 수 없었던 여인

이별이 될 줄 알았다면
잠든 아들 업고 떠날 걸
덥다고 차 버린 이불
여며주고 떠났을 것을

가슴 저미는 아픔을 안고
오늘도 엄마는 고향 하늘을 바라본다
마음속 깊은 곳에 묻어 둔
잊을 수 없는 아들의
모습을 그리며

기다려라 아들아
굳세게 살아다오 내 아들아
오늘의 이별이 만남이 되는 그날까지
밝아오는 통일의 그날까지
희망을 안고 살아다오

보낼 수 없는 편지

하얀 종잇장 위에
몇 번을 주저하다
고향에 보내는 편지를 쓴다

늘 그랬듯이
보낼 수 있는 것처럼
기약 없는 희망에
기대어 펜을 든다

어떤 모습으로 변하셨을까
상상해도 그릴 수 없는
부모님 모습

다시는 볼 수 없다는 절망보다
언젠가 만날 수 있다는 희망에
순서 없는 마음을 적어 본다

어릴 적 딸이 보낸 백 원짜리 축하장을
받아 드시고
세상을 다 가진 듯 환한 미소로
그렇게도 기뻐하시던 부모님

편지 한 장이 뭐길래
그리도 행복해하셨을까
이렇게 헤어져 살 줄 알았더라면
더 많은 편지를 보낼 걸
아픈 후회만 남는다

사는 게 힘들어
십 리 밖 부모님도
자주 찾아뵙지 못하고
생신날도 깜빡하고

스쳤던 죄 많은 딸입니다.
그 딸이 지금 속죄의 편지를 씁니다

꼭 눈앞에 계실 것 같고
환한 미소를 지을 것 같아
정성 들여 또박또박 써나가는 편지

부모님 모습 그리며
편지를 쓸 때면
눈물과 함께 찾아오는
그리운 얼굴들

머릿속에 꽉 차 있는 그리움을
종이 위에 글로 새기며
순간이라도 부모님 모습을 뵙는

환상에 잠깁니다

그렇게 쓴 마음의 편지를
두 손으로 고이 접어
봉투에 넣고
한참을 망설입니다

어디에 넣어야 할까
빨간 우체통에 넣으면
없는 주소라고 돌아오지 않을까

한동안 방황하던 그 순간
고향에 보낼 수 없다는 현실에
머리를 숙이고 한참을 웁니다
모든 것이 거짓이었으면
얼마나 좋을까

오늘도 습관처럼 편지를 씁니다
보낼 수 없다는 실망을 디디고
언젠가는 갈 수 있다는
알 수 없는 희망에 기댄 채
말없이 써 내려갑니다

서랍을 꽉 채운 편지들
언제면 고향에 갈 수 있을까
책상 위에 떨어지는 눈물 속에
두고 온 고향 집 대문에 매달린
우체통이 보인다

박주희

1975년 양강도 출생. 현재 뉴포커스인터넷신문 기자. 「북한의 연애 실상과 문란한 성문화」 등의 칼럼 발표.

백이무

/

탈주자 가족 매달기

제비

살았니?

최후의 몸부림

꽃제비의 소원

탈주자 가족 매달기

벌써 며칠째던가
죄인들이 지나가고 지나오는
바로 길옆 큰 고목에 매달려 있는
가냘픈 여인과 철부지 두 아이…….

그렇게 달아놓고 방치해둔 채
물 한 모금, 풀 한 줌 주지 않아
처음에는 처절하게 울부짖다
이제는 완전히 축! 늘어져
마지막 목숨만 간들간들!

가슴이 아프지만 늘쌍 있는 일
며칠 전에 발생한 도주 사건
여인의 남편이고 아이들의 아버지
그가 바로 달아난 탈주자
그 가족이 지금 벌을 받는다!

수용소 규정대로 그 즉시
나무에다 꽁꽁 묶어 매달아놓기
아무리 애원해도 소용이 없어
도망친 놈을 도로 잡아들여
극형에 처해야만 내리워진다

아니면 열흘이고 보름이고
도주자가 다시 앞에 나타날 때까지
그렇게 나무에 매여달린 채
참담하게 죽어야 할 가족의 운명…….

아낙네는 아이들이 너무 불쌍해
이제라도 새끼들을 살리고저
차라리 남편이 잡혀오길 바라지만
아이들은 아버지가 죽을까 봐

제발 멀리 어서 빨리 도망치세요
눈을 감고 기도하듯 중얼댄다…….

제비

제비 제비
무슨 제비?
청제비 구제비도 아닌
우린 꽃제비

청제비 구제비는
따뜻한 둥지 있고
고운 나래도 있어
탁-트인 꿈하늘
훨훨 날지만

꽃제비 우리는
돌아갈 집도 없고
날개도 없어
이 땅 위 여기저기 떠돌며
꿈도 버렸다!

나래 돋친
청제비 구제비는
으스스 가을이 오자
제일 먼저 풍족한 곳 따뜻한 곳
용케 벌써 찾아갔지만-

나래 없어
강남에도 가지 못한
가련한 꽃제비들
입김으로 손을 호호 불고
세차게 발을 동동 구르며

눈 오는 이 추운 겨울밤
어디서 잘까
낯설은 이국땅

차가운 네거리에서

오락가락 정처없이 헤매인다

살았니?

아침에 누구든 선참 일어나면
제일 먼저 입을 여는 첫마디
- 살았니?

그러면
북데기 속에서
철이가 푸시시 얼굴 내밀고
- 살았어.

담벼락 밑에서도
영호가 게슴츠레 눈을 뜨며
기진한 듯 웅얼웅얼
- 안 죽었어,

어떤 때는
암만 크게 불러도 대답이 없어

슬몃슬몃 다가가 흔들어보면
바위처럼 싸늘하게 굳어져 있어

오늘 아침에도
제발 다 무사하기만을 바라며
두려운 마음으로 조마조마
큰 소리로 외쳐본다
- 살았니?

최후의 몸부림

스스로 제집 식구 시신을
차마 먹을 수가 없어서
그래서 머리 좋은 한 사람이
드디어 생각해 낸 좋은 방식!

앞마을 굶어죽은 늙은이와
뒷마을 얼어 죽은 늙은이를
서로 바꿔치기 해 먹었다는 이야기

윗집의 굶어죽은 애기와
아랫집 앓아 죽은 애기를
역시 맞바꾸어 먹었다는 이야기

처음에는 설마하며 반신반의
후에는 점차 믿어지는 진실
사람들은 망할 놈의 이런 세상

개탄하면서도 이해를 표시한다

오늘은 또 더 자극적 폭팔 뉴스
굶어죽은 꽃제비 각을 뜯어
개고기로 속여 팔다 들통 난 사람
그 죄인을 끌어내다 총살한다나?

요즈음은 잠만 자고 일어나면
파다하게 나도는 끔찍한 소문
어디가나 공포스런 인육이야기
흉흉한 파장을 몰아온다

사람이 사람을 잡아먹는
인류사상 유례없는 비극 앞에서
사람들은 웬일인지 혀만 찰뿐
누구도 분개하지 않는다

사람이 사람을 먹어야 사는
그 처절한 최후의 몸부림 앞에
사람들은 저마다 할 말을 잃어간다
사람들은 이미 더는 사람이 아니다

꽃제비의 소원

꽃제비의 소원은
언제나 텅 빈손을 내밀어
남에게서 받기만 하는 것이 아니래요
꽃제비의 소원은
두 손 가득 무엇인가 듬뿍 쥐어
언젠가 남에게 주고 싶어요

너무나 헐벗고 가진 게 없어
지금은 이리저리 빌어먹으며
구차스런 동냥으로 살아가지만
꽃제비인 우리에게도
저저마다 가슴 깊이 오래 간직한
한 가지 아름다운 꿈이 있어요

눈만 감으면 무지개처럼 떠오르는
칠색 영롱한 꿈 신기루 같은 꿈

어느 날 왕처럼 나에게 만약
으리으리한 멋진 궁전 생긴다면
나는 당장 통이 크게 베풀 거예요

지금의 나처럼
헐벗고 굶주린 아이들을 몽땅 불러다
이 지구가 떠나갈 듯 떠들썩
크나큰 잔치를 벌일 거예요

궁전 안의 보물들을 몽땅 털어서
이 세상의 불쌍한 애들에게
좋은 옷 해 입혀 따뜻하게 살게 하고
날마다 배불리 먹일 거예요

다시는 거리에서 구걸하며
천대받고 멸시받는 아이들이 없도록

누구나 다 궁전에서 살게 하고
내가 그들의 좋은 왕이 될 거예요

그 누가 꽃제비에겐 꿈이 없다 했나요?
꽃제비의 오래된 꿈 가장 큰 소원은
헐벗고 굶주리는 꽃제비가 없는 세상
그러한 세상을 만드는 거예요…….

백이무

신분을 밝힐 수 없음. 제3국에 은신 중. 시집 『꽃제비의 소원』, 『이 나라에도 이제 봄이 오려는가』.

설송아

/

말 없는 두만강아
압록강 가에서
이사 가자요

말 없는 두만강아

너무도 약하구나 너의 흐름이
모질게 우리 넋을 빼앗기에는
너무도 작구나 너의 모습이
봉선화 영혼들 뒤집기에는

흐름을 거슬러 너의 품 밟으며
살길 찾아 방황한 자유의 넋
작은 네 모습에 영혼을 잠그며
맨발로 이 강을 건너 왔구나

괴로운 맘 네 품에 고이 씻으며
너를 찾은 죄 아닌 죄인이 되어
스스로 결박한 사슬고리 옥죄어
한 점 하늘 우러러 고향을 넘본다

어찌하여 너는 물결이 없느냐

말없이 조용히 흐르기만 하느냐
말 없는 두만강아 사품쳐 다오

어찌하여 두만강 날 새도 울지 않고
푸드득 갈대만 흔들어주느냐
부모처자 울음소리 귓전에 맴돌며
웅크린 몸무게로 땅 속에 지치느냐

안아다오 두만강아 말없이 따뜻이
봄을 찾아 떠나는 나그네 기러기 떼
묶인 철쇄를 물결로 끊고서
손잡아 세상을 느끼게 해주렴

자유를 네 품에 던지어 보며
삶의 단맛 음미하며
내가 있는 네 위를 건너 보련다

압록강 가에서

압록강 기슭에 두 발 디디고
나는 측은한 눈으로 강 너머를 응시한다
텅 빈 내 마음 풍선마냥 부풀고
찝찔한 눈물이 입귀를 지난다

강 너머 보이는 초졸한 마을
저기서 내 아들 숨을 쉴 텐데
보따리 아낙네 무거운 걸음들
오늘도 형제들은 두부를 팔 텐데

압록강 흐름 따라 솔개가 날아 운다
멍한 내 시야 고향으로 찢으며
잊었던 추억들 물방울로 튕겨준다
잠자던 내 넋을 흔들어놓는다

압록강 기슭에서 두 발이 옮겨진다

두 눈을 감으며 심장을 느낀다
내 아들 영혼을 지키는 길
내 형제 웃음이 세상 되는 길

작은 내 손이 지켜주라고
지친 삶들 온기로 안아주라고
북한 땅의 신음이 나를 흔든다
압록강이 노하여 물결을 친다

압록강가 내 옷이 벗겨지기 시작한다

이사 가자요 | 동시

아빠 엄마 남쪽으로 이사 가자요
이밥 먹는 지방으로 이사 가자요
거기 가면 별 빵도 내가 만들고
초콜릿 과자도 쌓여 있대요

아빠 엄마 남쪽으로 이사 가자요
사람 사는 도시로 이사 가자요
거기 가면 기차가 씽씽 달리고
비행기로 하늘도 날 수 있대요

아빠 엄마 남쪽으로 이사 가자요
컴퓨터 나라로 이사 가자요
거기 가면 벽돌집 학교가 있고
어른으로 씽씽씽 클 수 있대요

설송아

1969년 평안남도 출생. 현재 데일리NK 기자, 자유통일문화연대 작가로 활동. 소설 「사기꾼」, 「진옥이」, 「스칼렛 오하라와 조선녀성」 등.북한경제 IT 석사 학위 취득.

송시연

/

진정 사람

세뇌

거울

진정 사람

배고픔에 지쳐 탈출을 했다
한 끼 밥을 위해 기꺼이 빠져 버렸다
피가 맺히도록 입술을 깨물고
수난의 강에 거꾸로 처박히었다

그리고
탈출, 방랑, 수감, 치욕, 죄인, 죽음
이런 단어들과 익숙해졌다

따스한 가슴을 내어주었던
어머니는 주지 않았던 단어들이
나와 친숙해진 것은
그 나라의
위대한 어버이의 선물이었다

난 그 나라의

불온한 딸이어서
아무 데나 던져졌다
온몸이 너덜너덜 찢기었다

아, 다시 태어난다면
독재가 없는 세상에서
사랑으로 태어나고 싶다

생명을 부르는
어머니의 달콤한 젖줄을 물고
따스함, 온정, 사랑, 풍요
이런 단어들과 친숙한
인간으로 태어나고 싶다

진정 사람이고 싶으니까

세뇌

오래토록
바깥세상을 모르고 산 저들은
귀엔 못이 박혀 있고
입은 빗장을 지르지 않아도
열 줄을 모른다

태어나 막힌 귀로
세뇌를 입고 사느라
환한 세상 구경 한번 못했다
맛있는 음식의 맛도 잘 모르고
예쁜 옷을 봐도 옥수수밥이 먼저다

철따라 꽃구경 가고
세상 구경 가는 사람들이 있는지도
부러워할 줄도 모른다
독재의 사슬에

순종이 몸에 익어
육신의 욕망을 모르고 사는 것이다

세뇌란 게 그렇게 무서운 건 줄
나도 지금에야 알았다
침침한 눈과 막힌 귀로
입마저 굳게 닫고
자유를 잃은 사람들
불행하게 사는 것에 익숙해진 사람들

자신을 굴종에 유기한 채
독재자를 빛인 양
마치 그곳이 온 세상인 것처럼

지금도 그렇게 살아가고 있다

거울

거울 속에 네가 있다

소싯적엔 백합처럼 예쁘고
순결했다던
슬픈 네가 있다
호수같이 맑았던 시원한 두 눈도 있다

바깥 저쪽에서
누군가 훔쳐본다
너는 주눅 들어 기가 죽는다
한 바퀴 굴리는 두려운 눈에
흰자위가 번뜩인다

꼭, 얼음판에 자빠진 황소의 눈 같다

어디선가 많이 본 눈이다

어미를, 오라비를,

누이를 잃은 눈이다

버림을, 모멸을,

학대를 당한 눈이다

그런 눈들이

하나, 둘 모여

미지의 도시 속에서 함께 동거를 한다

송시연

함경북도 청진에서 30년 남짓 살다가 2004년 8월 탈북. 중국 3년 체류, 2007년 8월 한국 입국. 전 북한 인민보안서 사무원. 2007년 8월 대한민국 입국. 소설 「이지러진 달」, 「칠보산」 등.

오은정

/

고향길

벌거숭이 산

싫지만 가고 싶은 집

두만강의 봄

고향길

녹슨 철길 사이사이
풀잎 무성하고
굽이친 길 따라 개나리 수놓아
밤새 걷고 싶은 길

그곳에 서면

한없이 평온해지고
소나무 그늘 아래 앉으면
누군가 하염없이
추억하고 싶어지는 곳

지금은

소나무 그늘에 앉아
쌓이는

추억 한가득 안고

북쪽 하늘 바라본다

벌거숭이 산

그곳에 달이 밝았던 건
산에
나무가 없어서
그래서
그랬나 보다

나무하는 소녀의
텅 빈
그림자를
나무삼아
위로하던 산

벌거숭이 산이어서
소녀의 그림자가
나무가 되었나 보다

싫지만 가고 싶은 집

작은 골목길 사이
울바자 틈새로 삐죽 나온
줄당콩

반폭도 안 되는
비좁은 길에 깔린 돌들

지붕의 반은 덮어버린 포도나무 아래
웃음소리도 없을 것 같은
검은 기와집

설레던 발걸음도 잠시 주변을 살피며 대문을 연다

그리고 작은 소리로 부른다

현정아! 언니 왔다

두만강의 봄

겨울 동안 품었던
아픔이 드러나는 시간이라서
두만강의 봄은 춥다

겨울 동안 쌓인
눈물이 녹아내리는 시간이라서
두만강의 봄은 아프다

오늘도 두만강은
누군가의 희망 안고 원망 안고
흘러간다

오은정

1992년 함경북도에서 경성에서 태어나 2009년 경성을 떠나 서울에 왔다. 서울에서 그동안 못다 한 공부를 하며 우연히 작은 시앗 채송화로부터 신인상을 받았다. 2015 첫 시집 『고향을 부르다』를 출판했다. 현재 쓰고 싶었던 글을 쓰며 삶의 답을 찾으려 애쓴다.

이가연

/

엄마 발 내 발

사랑-남북대화협력

고향

쌀독

꽃제비들의 밥

엄마 발 내 발

예쁜 엄마의 발
난 그런 엄마의 발을 닮고 싶었다.
하루하루 수십 리를 걷고 또 걸어서
두 딸을 키워주셨기 때문이다.

엄마는 협동농장원이시고
작은 마을에서 농사를 지으셨다.
주로
밭의 왕 – 옥수수
논의 왕 – 벼를 가꾸셨다.
산의 왕 – 꽃도 입양하여 집에다 키워주셨다.

나는 그런 엄마가 좋았다.
장맛비가 오는 날이면
벌거벗은 산 때문에
저수지가 터져 흙탕물이

집으로 가는 길을 쓸어갔다.

그날은 번개치고
우레가 우는 어수선한 날
엄마는 학교에 와 주셨다.
너무 좋아 수업시간에 막 뛰쳐나갔다.
"너의 엄마는 신발이 없어?"
"왜 짼찌 말이니"라는

친구들의 말을 들으며
엄마 발
내 발을 생각했다.
그날 저녁 엄마에게 물었다.
"엄마, 엄마는 왜 신발을 신지 않고 손에 들고 다녀?"
엄마는 "응 맨발이 편해서 그래"라고 대답하셨다.
엄마의 말씀을 이해는 했지만

그래도 아쉬움은 남았다.

"엄마, 신발은 꼭 신고 다녀요"라고
말하고 방문을 나섰다.
그날 밤
엄마 발
내 발은
한 이불에서 잤다.
위생실에 가려고
일어났는데
내 발 끝에 피가 묻어 있었다.

"엄마 피"하고 소리쳤다.
바위 같은 손으로
발에 묻은 피를 닦아주시고
어디에서 상처가 나서 흘러나왔는지

"어디 아픈가 봐"하며
발을 만져주셨다.

내 마음
엄마 마음이 늘 하나였다는 것을 그때 알았다.
나는 커서 효녀가 되리라 생각하고
학교 마치면 나무 해다 팔며 열심히 살려고 노력했다.
졸업을 앞두고
진로를 앞두고
진로를 찾으면서
나라를 지키기 위해
군대에 입대하려고 마음먹었지만
영양실조로 군대에 입선하지 못했다.

악착같이 공부했지만
대학에 갈 수 없었다.

그리고 엄마도 병을 입었다.

나는 엄마를 떠났다.

돈이 필요해

가족을 떠났다.

고향을 떠났다.

중국에서 라오스로

라오스에서, 태국으로

큰 감옥에서 작은 감옥으로 걸었다.

서울에 와서

열심히 노력해

고려대에 합격했다.

가족 같은 남자친구도 있고

17층 아파트도 있고

따뜻한 이웃도 있고

소급시절 친구가 아닌

중급시절 친구가 아닌
대급시절 친구들이 있어
행복한 삶을 누린다.

하지만 엄마 생각이
늘 간절하다.
매일 누리고 사는 행복이
적금될수록
내 마음은 엄마의 그리움으로 쌓여간다.
그때마다 나는 편지를 쓴다.

[엄마에게]

엄마 나 서울에 있어
많이 보고 싶어
두 번 다시

엄마 두고 떠나지 않을게

그러니 하루 한 번
잠깐이라도 좋으니
별똥별이 되어 와줬으면 해
아주아주 잠깐만이라도

별이 유난히 밝은
오늘 밤엔 엄마가 올까, 하는 생각에
엄마가 좋아하는 꽃잎을 손에 쥐고 자거든

엄마
너무 보고 싶어
가끔이라도 좋으니
꼭 꿈에라도 잠깐만 와줘

그리고 미안해 엄마
어렸을 때
내 발에 피 묻은 것
엄마 발의 피였고

신발 신고 다닌 날보다
신발 벗고 다닌 날이 많은 엄마
신발이 빨리 해질까 봐
벗고 다녀서 발이 다친 것도 모르고
철없던 난
예쁜 신발 안 사준다고 울고
엄마 미안해

오늘은 엄마 발 생각하며
신발 하나 샀어
꼭 맞을지 모르겠네

엄마 발

내 발

꼭 같으리라 생각하며

내게 맞는 신발로 골랐어

엄마 우리 꼭 만나

하나님께서 분단문을

열어주셔서 만나게 되면

꼭 그리 된다면

다시 헤어지지 말자

사랑하고 또 사랑해

사랑-남북대화협력

피는 만큼
지는 것이 꽃입니다.

내린 만큼
지워지는 것이 눈꽃입니다.

준 것만큼 신뢰하는 것이
사랑 아닐까요?

고향

땅을 떠나

둥지를 떠나

새터에 왔다.

같은 땅을 떠난

강남의 제비도

고향으로 간다는데

내 몸은 분단에 발 묶여 있다.

쌀독

옆집 연희네 가족은

온 가족이 굶어 죽었다.

그들의 이름을

쌀독에 묻었다.

땅에서 굶어 죽어

또다시 굶주릴까 봐

쌀독에 묻었다.

꽃제비들의 밥

별동네 아랫집엔
꽃제비 가족이 산다

먹을 것이 부족해
꿈을 벗겨 먹고
꿈을 캐서 먹고 살아간다

어제를 쪼개고
오늘을 쪼개고
내일을 쪼개어 버틴다

꿈이 없다면
생명도 없으리니

인간의 내일은
꿈이 낳은 생명이기에

하루를 살 수 있고

하루를 견딜 수 있다

꿈은 꽃제비들의 밥이다

이가연

1987년 황해남도 출생. 2011년 대한민국 입국. 『대한문예신문사』 등단. 시집 『밥이 그리운 저녁』. 시 부문 통일장관상 수상. 시 부문 북한인권문학상 동상.

이수빈

/

지나친 기대는 실망의 뿌리

자유를 찾아……

난 더 잃을 게 없다

지나친 기대는 실망의 뿌리

고랑을 높여 심은 감자도
나무 꼬챙이를 추켜세워
같이 박은 토마토도
길게 뻗는 싹 땜에 의지하는
줄당콩*)도 당신은 기대한다.

당신이 심은 감자가
수확량이 많기를
여름 내내 벌레 잡아주며
이울던 토마토도
썩지 않기를…….

새끼줄을 꼬아 길게 묶어
줄당콩*)이 휘감을 수 있게

---

*) '동부'의 북한말. 콩과의 한해살이 덩굴성 식물

만든 울바자에 콩이 주렁주렁
열리기를 당신은 기대한다.
돌풍이 불어온다.

가뭄이 온다. 홍수가 난다.
자연재해가 들이닥친다.
당신이 계획했던 대로
당신이 계산했던 바로
하늘은 조율하지 않는다.

모든 기대는 허물어진다.
아무런 미련 없이 떠나버린다.
앉아서 땅을 치던 당신
깊은 생각에 잠긴다.
기대는 실망의 뿌리라…….

자유를 찾아……

온 밤 짙게 드리웠던 어둠도
어디론가 떠나가고
하늘을 뒤덮었던 구름도
자취를 감춰버렸다.

솔나무도 향기로운 솔향에
깊숙이 묶여버리고
겨울 피해 남쪽으로 갔던
새들도 찾아온다.

어둠도 자유롭게 사라질 수 있고
구름도 하늘 어딘가 숨을 수 있네
솔향도 얼굴을 감춘 채 있고
추위가 싫어서 떠났던 새들도 오건만

자유를 찾아 떠났던 이들은

돌아갈 줄 모르고 그 아픔에

꿈속이라도 구름을 타고 넘어

고향으로 영혼이 다녀오네.

난 더 잃을 게 없다

텅 빈
방구석에
틀어박혀 있다

두 눈만
반짝이며
출입문만 본다

불쑥
누군가가 뛰어들어올 듯…….

빈주먹을
꼭 쥐고
일어서기 시작했다

이젠 더 잃을 게 없다

빈 몸이니 가볍다

이수빈

1979년 평안남도 출생. 1998년 중국으로 탈북. 2001~2008년 베이징 체류.
2008년 11월 대한민국 입국. 시집 『힐링 러브』.

장 길

/

통일코리아

통일코리아

우리의 마음 안에 통일의 집을 짓고 싶습니다.
미움의 잡초를 뽑아내고
아름다운 무궁화가 만발한 평화의 집,
화목이 샘솟는 사랑의 집이 그립습니다.

우리의 꿈속에는 통일나무를 심고
너와 나 팔이 되어
서로를 잡아주는 신뢰의 가지가 되고
너와 나 잎이 되어
서로를 반겨주는 예쁜 칭찬의 얼굴이 가득한 곳

더 이상 미룰 수 없는 가족이 다시 만나고
내 나라의 하늘과 땅이 다시 이어지는
천지개벽의 새 나라를 만들고 싶습니다.

불신하는 사람에겐 믿음을 일깨워주고

두려워하는 사람에겐 용기를 북돋아주어
통일복이 넘친 내 나라 덕분에
이웃도 덤으로 평화를 누리게 하는 곳.

동서남북 어디서나 닮고 싶어 찾아오는 나라,
사랑과 용서로 평화의 물을 대는 나라,
세상에서 가장 존경받는 나라,
그 나라가 내 나라, 통일코리아였으면 정말 좋겠습니다.

장 길

함경도 청진 출생. 2009년 『한맨문학』에서 「돌아보니」외 3편으로 등단. 2009년 6월 KBS한민족 라디오 방송 남한정착 경험방송. 2012년 극동방송 〈탈출〉 코너에서 탈북고난기를 방송.

주아현

/

소원

소중

소원

말도 하나 글도 하나 노래도 하나
아름다운 이 강토를 그려 보라면
누구나 할 것 없이 하나로 그리건만
어이하여 둘로 갈라진 모진 설움
뼈아프게 안고 살아야 하는가!

청청 하늘에 달빛 밝은 이 밤에
한여름의 작물들이 춤추는 속에
귓가에 들리는 풀벌레 울음소리
고향의 밤을 연상케 하는구나!

어머니도 저 밝은 달을 바라보며
이 자식을 그리고 있겠지

타향살이 십여 년 세월
처음이나 지금이나

소박하게 바라 온 것은 오직 하나
설악산에서 묘향산을
자유로이 오가는 것이었건만
이제나 저제나 기다리고 기다려도
이루어지지 않는구나 우리의 꿈이!

누가 이르기를 간절히 바라면
이루어진다기에
언제면 오려나 이제는 오려나
오늘도 내일도 두 손 모아
기다립니다!
이 땅을, 자유로이 오가는 그날을!

소중

바람 따라 넘어지는
약하고 가느다란 갈대를
비웃지 마라
뿌리는 흔들리지 않는다!

눈에 띄지 않는 개미를
무시하지 마라
그들에게도 삶의 엄격한
룰이 있단다!

못난 소나무가 선산을 지키듯
못난 자식이 곁에서
부모를 지켜주나니
아무리 작고 보잘 것 없는 것일지라도
소중히 여겨라!

때로는 그 하찮게 여겨지는 것들에
외면을 당하면 서럽고
값없는 맹물도 곁에 없을 때에야
비로소 소중함을 알게 된단다!

한 알의 모래가 모여
백사장을 이루고
한 방울의 물이 모여
강이 되고 바다가 되어
우리에게 삶의 터전을 만들어주고
생의 지침을 안겨주나니

아무리 작고 못난 것일지라도
무시하지 말고 소중히 여겨라!

주아현

평안북도 구장군 출생. 2006년 8월 탈북, 2009년 11월 대한민국 입국.

지현아

/

미안하다, 얘들아

아버지

정말 아무도 없나요

피에 주린 조국

미안하다, 얘들아

미안하다, 얘들아!

지지리 못 살고
잿더미 같은 그곳에서
내어줄 수 없었던

나 살기 급급하여
고사리 같은 너희들의 손을
외면했던
나를 용서해다오

살아남은 것이
후회가 되는 오늘
찢어지는 통곡소리가
내 심장을 울리는구나

나를 내쳤던 그곳을

나를 외면한 그곳을

나의 동료를

영원히 볼 수 없게 한 그곳을

너희들의 신음소리 요란한 그곳을

뒤로하고

자유를 쫓아왔구나

미안하다, 얘들아!

너희들 신음이

나의 명치에 흐느적거려

누려보는 자유가

이다지도 아플 줄 몰랐구나

미안하다, 얘들아!

미안하다, 얘들아!

아버지

이별이 아파
등을 돌려
팔소매로 눈물을 훔치시던
아버지!

헤어진 지 어연 십칠 년!
강산이 두 번 바뀔 그 몹쓸 세월에
귀밑머리 하고도
남은 머리 파뿌리로 변했을
아버지

평소 무뚝뚝한 표정에
말이 없으시던 아버지

엄마의 잔소리에
애꿎은 담배 연기만

내뿜었던 아버지

지금은 어디서 무얼 하실까
생사조차 알 수 없는
나의 아버지

서산 넘어
두둥실 떠오른 둥근 달
이 시각
아버지와 나를 번갈아 보고 있겠지

정말 아무도 없나요

무서워요
거기 누구 없나요

여긴 지옥인데
거기 누구 없나요

아무리 애타게 불러도
아무도 저 문 열어주지 않네요
거기 아무도 없나요

제발 우리의 신음소리
들어주세요
짓밟히는 우리의 아픔들
들어주세요
거기 아무도 없나요

사람이 죽어요

내 친구도 죽어가요

불러도 불러도 왜 대답 없나요

거기 정말 아무도 없나요

피에 주린 조국

빌어먹을 곳 없고
얻어먹을 곳 없고
지옥시계도 멎은
고향을 떠나

이국살이 얼마던가
설움으로 배를 채워
숨어 산 지 어언 구 년…….

오늘도 잡혀간다
갑자기 달려든 공안에
앞집에선 영희
뒷집에선 임신한 순희

- 못 가요!
우린 잡혀가면 죽어요

제발…….

살려주세요!

우리 스스로 두만강 건너갈게요

끌고 가는 자와

끌려가는 자의

생사의 줄다리기

그때 보았다

끌려가면서도 다시 오리라 다짐하는 것을…….

그리고 나도 끌려갔다

조국은

임신한 순희의 야윈 등에

시멘트 포대를 지워

뱃속의 아기를 죽였다

조국은
주린 배를 채우려
국경을 건넌 죄로
나무각자에 맞아 굳어진
어느 할아버지를 보게 했다

나는 보았다.
남의 나라 종자라며
갓 태어난
아기를 엎어놓아
죽이는 살인귀들의 눈빛에서

밥에 굶주린 인민과
인민의 피에 굶주린 조국을 보았다

지현아

1998년 ~2007년까지 3번 북송 4번 탈북, 증산11호교화소 수감. 2007년 입국. 전남대학교 정치외교학과 재학 중. 국제인권단체 징검다리 이사. 저서 『자유 찾아 천만리』(2011, 2017 재출간). 시집 『마지막 선물』(2017).

해설

/

떠나온 이들의 아프고 무거운 말

- 이상숙(문학평론가, 가천대학교 교수)

1

현재 국내 탈북자는 삼만 여명에 이른다. 그들은 어떻게 지내고 있을까? 압제를 피해 자유를 찾아온 그들. 남한에서 잘 지내고 있을까? 탈북 과정에서 겪은 생명의 위협과 고초의 기억, 두고 온 가족에 대한 그리움과 죄의식, 자본주의의 치열한 경쟁과 낯선 환경을 잘 감당하며 자유롭고 행복하게 살고 있을까? 그들이 겪은 그 일이 무엇이었는지 왜 자신이 겪어야 했는지와 같은 질문들에 어떻게 답하고 있는지? 촘촘히 기억하고 무엇으로든 표현하여 어려운 질문에 답을 가지고 있어야 할 텐데. 그 과정은 고통스럽기도 하지만 치유의 과정이기도 해서 언제든 어떻게든 자신의 표현 도구로 정리해두어야 할 것이다. 그래야 역사와 자신의 운명을 알 수 있고 위로할 수 있고 잊을 수도 극복할 수도 있게 된다. 북한에서 글 쓰는 직업을 가졌든 아니든 그들은 시, 수기, 소설 등으로 자신들의 이야기와 경험을 써낸다. 특히 시 쓰기는 선택하기 쉬운 표현 도구이다. 북한에서 직업 시인이었든 아니었든, 남한에서 정식 등단 과정을 거쳤든 안 거쳤든 극한의 정서적 경험을 가진 그들의 시는 아프고 무겁다. 그러나 처절한 기억과 고백을 풀어놓는 과정에서 그들은 트라우마를 치유하고 상처 입은 자신을 위로할 수 있다. 독자들은 인간이 겪을 수 있는 극한의 참상과 고통 앞에서 인간의 존엄함은 어디에 있는지, 분단이 무엇인지, 문학의 역할은 무엇인지를 다시금 깨닫게 된다.

탈북문인들의 문학단체 『국제 펜 망명북한 작가센터』는 정식 PEN 단체로 인정받았으며 『통일코리아』, 『펜문학』, 『북한』, 『문학에스프리』 등의 문학지들도 발간되고 있다. 그러나 국내 문학계와 학계는 진지하게 또 지속적으로 그들의 목소리에 귀 기울이거나 그 안에 담긴 마음을 들여다보지 못했다. 때문에 탈북인의 목소리와 아픔을 한데 묶은 시선집 『엄마 발 내 발』의 출간의 의미가 적지 않다.

탈북시의 범주는 탈북문학의 범주를 정할 때 제기되는 모든 사항을 고려해야 하고 더하여 시라는 문학적 형식에 대한 논의까지 이루어져야 그 내포와 외연을 정할 수 있다. 당연한 말이지만 월남, 귀순, 탈북의 의미가 같다고 선뜻 말하지 못한다면 탈북시와 탈북문학 역시 글자 그대로에서 벗어난 이면의 정의가 필요하다.

탈북한 이들이 생산한 문학, 탈북의 경험과 소회를 담은 문학, 남이든 북이든 혹은 제3국이든 출신과 국적에 관계없이 탈북, 탈북민을 주제로 한 문학. 모두 탈북 문학의 범주로 타당하다. 탈북문학의 외연은 특정 언어, 민족, 국가, 이념, 정책에 국한되지 않아야 한다. 문학의 관심은 인간의 생명, 인간의 존엄, 인간의 경험의 형상화에 있고 이는 곧 인류의 문제이기도 한데 탈북문학은 그 모든 것을 포함하는 극한 경험의 형상화이기 때문이다.

또, 탈북이라는 말에 대해서도 깊이 생각해 봐야 한다. 탈북의 원인은 무엇인지? 언제부터 탈북이라 부를 수 있는지? 그들의 탈脫 벗어남인지, 도망침인지, 떠나옴인지? 그들이 벗어나고 도망치고 떠나온 북北은 무엇이었는지? 그들이 떠나올 때 북北은 기아와 가난, 압제와 통제의 부자유, 비정상의 국가체제였겠지만 떠나온 곳에서 생각하는 북北은 고향, 가족, 그리움이기 때문이다. 탈북문학, 탈북시에 대해서는 이밖에도 미처 생각하지 못한 문제들이 적지 않을 것이다.

이제 막 시작되는 논의인 만큼 적극적으로 또 지속적으로 이어져야 할 것이다.

탈북시는 떠나온 자들의 시이다. 비정상의 이념체제를 떠난 사람들, 통제사회에서 자유를 찾아 떠난 사람들, 기아와 가난이 싫어 떠난 사람들, 자신과 가족을 위해 위험한 선택을 한 사람들, 민족의 앞날을 위한 소명의식을 가지고 떠난 사람들, 통일에 기여하기 위해 남한을 선택한 사람들. 그들의 동기가 무엇이든 탈북시는 떠난 자들의 말이며 그들이 토해내고 그들을 그려내는 말이다.

그들은 자신의 고향을 떠났고 가족을 떠났고 일생을 익혀온 문화를 떠났고 일생 동안 만들어 온 지식, 신분, 정체성을 떠났다. 그리고 그들은 새롭게 정착해야 한다. 정치적으로 사회적으로 문화적으로 경제적으로 그리고 정서적으로 다시 자신을 세우고 다시 만들어야 한다. 이식移植이다. 두렵고 불안하고 초조하고 막막하다. 나의 모든 것을 옮겨서 다시 뿌리내려야 하는 그러나 뿌리의 반은 이미 잃은 터다. 가족에 대한 그리움과 죄책감으로 생장의 에너지가 침해된 상태의 불안한 이식移植을 이겨내야 하는 사람들의 시, 그들의 말이 탈북시이다. 탈북인들은 기아와 처형, 죽음이라는 극한의 체험을 일상의 기억으로 가지고 있고 북한사회주의라는 유일무이한 이상異常체제에서 성장한 이들이다.

죽음이 일상이었다는 것은 트라우마다. 죽음에 가까운 배고픔을 겪었으며 그것을 피해 떠났지만 남아 있는 가족에게는 '탈북자 가족'이라는 새로운 죽음의 공포를 남겼다. 이를 모를 리 없는 탈북자들의 죄책감과 그리움, 걱정은 그들을 정서적 죽음에 몰아넣는다. 때문에 탈북시를 읽고 이해한다는 것은 그들이 떠나온 것에 대한 이해, 극한의 일상을 살아온 이들의 상처에 대한 이해를 포함해야 한다. 그것이 무엇이었는지, 지금은 무엇인지, 어떻게 가늠할 수 있는지와 같은 소박한 질문이 먼저여야 한다. 더욱이 전쟁도 북한도 사회주의도 '역사적 기억'으로 학습한 우리 세대들은 탈북시의 주제적 경향, 형식적 특징, 사회적 함의 등을 찾아내는 것에 앞서 이러한 질문 앞에 오래 머물러야 한다.

'탈북시'의 이름으로 우리가 읽는 시들의 대부분은 배고픔에 대한 시이다. 귀순, 남하 등으로 불리던 '탈북脫北'이 본격화된 것은 1990년대 중반의 이른바 '고난의 행군'시기이다. 극심한 식량난으로 아사자가 속출하고 가족이 해체되고 기아 난민이 생겨났다. 이는 곧 탈북으로 이어졌다. 굶주림 앞에 인간의 존엄함을 포기했던 참혹한 기억은 탈북의 시작이자 내용으로 탈북시에 재현된다.

주민들을 굶주리게 하는 북한 사회에 대한 고발과 증언은 탈북시의 중요한 주제이다. 현재 발표된 탈북자들의 시, 시집은 대부분 기아의 참상을 그려내는 것에서 시작한다. 그러나 배고픔의 참상과 죽음이 생생히 그려지면서도 그 원인에 대해서는 집요하지도 않고 신랄하지 않아 의아하다. 김 씨 세습 정권, 사회주의 모순, 북한 권력층에 대해 비판하는 시가 예상보다 많지 않은데, 이는 탈북시가 이성적 비판과 분석에 이르기보다 아직 정서적 트라우마에 압도되어 있기 때문일 것이다.

탈북시의 또 다른 주제로는 두고 온 가족에 대한 그리움과 죄책감, 고향에 대한 향수를 들 수 있다. 남한 사회에 적응하는 어려움과 외로움을 구체적으로 드러내기보다는 가족과 고향에 대한 그리움과 향수를 더 표현하고 있다. 위험을 무릅쓰고 탈출하여 새로운 체제를 선택해 남한에 정착한 그들이 체제에 대한 시보다 가족에 대한 시를 많이 창작한다는 것은 탈북인들의 시 쓰기가 이념과 체제에 대한 고민보다 내면의 분투와 치유의 과정으로 수행되고 있다는 의미일 것이다.

최근 탈북민 중 22.9%가 북으로 돌아가고 싶다고 생각한적이 있다는 조사 결과가 보도되었다.*) 전국 15세 이상 탈북민 415명을 대상으로 북한인권정보센터(NKDB)가 설문으로 진행한 이 조사에서 그 주요 원인은 '가족이 그리워서'(34.3%), '고향이 그리워서'(28.5%) 로 나타났다. 이 조사는 "여전히 적지 않은 수의 탈북민들이 한국 정착에 어려움을 겪고 있"다는 점과 "심리적 지지와 안정적인 인적 네트워크 구성"의 필요성을 강조하며 사회적 해결책 촉구로 마무리되었지만, 우리는 여기서 탈북시의 주제, 내용을 확인할 수 있다. 그들은 배고픔과 부자유의 체제는 떠날 수 있었지만 가족과 고향에서는 결코 떠날 수 없었던 것이다.

죽음에 이르는 배고픔의 공포, 가족을 버린 이들의 죄책감, 고향에 대한 그리움은 그들의 영혼이 입은 내상內傷이다. 내상을 입은 채 낯선 세상에 이식된 그들이 쓰는 시는 아직 북한 체제 비판, 통일에 대한 대승적 기대, 남한 사회 적응의 어려움과 미래에 대한 고민과 같은 이성적 분석적 영역의 말하기가 되지 못하고 있다. 영혼에 상처 입은 자의 말로 이는 당연해 보이기도 한다.

---

*) 기사, 『연합신문』, "탈북민 설문조사서 22.9% 北돌아가고 싶다 생각한적 있어", 〈http://v.media.daum.net/v/20180131155031009?d=y〉, 검색일 2018년 2월 1일.

2

북한의 참상을 증언하고 고발하는 것이 탈북문학의 주된 주제이자 소재이며 형식이다. 북한에서 작가, 기자와 같이 글 쓰는 일을 하던 이들이든 탈북 후 쓰기를 시작한 새로운 작가군이든 이는 공통적 특징이다. 습작, 등단, 수련의 과정과 관계없이 그들이 겪은 경험의 리얼리티와 감정의 강도는 문학의 주제와 형식을 뛰어넘고 있다.

백이무는 얼굴도 본명도 주소도 알려지지 않은 시인이다. 그가 학창시절 뛰어난 문학적 재능을 인정받았으나 고난의 행군 시절에 탈북하여 중국에서 꽃제비로 생활하다 지금은 제 3국에서 생활하고 있으며 그때의 경험을 쓴 시가 남한으로 전달되어 『꽃제비의 소원』이라는 시집으로 발간되었다는 정도가 독자가 알 수 있는 전부이다. 그의 시는 완성도나 형식면에서 탁월하기도 하지만 시로 그려진 꽃제비의 모습은 믿어지지 않을 정도로 비참하여 문학적 성취나 재능을 압도한다.

> 아침에
> 누구든 선참 일어나면
> 제일 먼저 입을 여는 첫마디

- 살았니?

그러면
북데기 속에서
철이가 푸시시 얼굴 내밀고
살았어.

담벼락 밑에서도
영호가 게슴츠레 눈을 뜨며
기진한 듯 웅얼웅얼
안 죽었어.

어떤 때는
암만 크게 불러도 대답이 없어
슬몃슬몃 다가가 흔들어보면
바위처럼 싸늘하게 굳어져있어

오늘 아침에도
제발 다 무사하기만을 바라며
두려운 마음으로 조마조마

큰 소리로 외쳐본다

- 살았니?

- 백이무, 「살았니?」 전문

이 시는 이른바 꽃제비, 굶주림에 집을 나와 거리에서 구걸하며 살아가는 아이들의 이야기이다. 아이들은 아침마다 "잘 잤니?" 라는 인사 대신 "살았니?"라며 삶과 죽음을 묻는다. 누군가의 죽음을 확인할지도 모른다는 공포에 떨며 바위처럼 굳어진 친구를 발견할 것 같다는 두려움으로 깨어나는 아침은, 나중에 이 아이들이 집으로 돌아가고 배를 곯지 않아도 된다 해도 평생의 트라우마로 남을 것이다. 굶주림이라는 것이 언제든 삶을 흔들고 그들의 영혼을 간단히 무너뜨릴 수 있음을 경험했기 때문이다. 굶주리지 않는 것이 최고의 가치가 되었을 때 그 앞에서 지켜야 할 도덕, 우정, 이성은 힘없이 버려진다. 인간으로서 지켜야 하는 것들을 버려본 이, 버릴 수도 있겠다는 생각을 해본 이들이 느끼는 두려움은 실존적이다. 그러면서도 백이무의 시들에 드러난 꽃제비의 모습은 "두 손 가득 무엇인가 듬뿍 쥐어 언젠가 남에게 주고 싶"고 "헐벗고 굶주리는 꽃제비가 없는 세상을 만드는" 소원을 가진 (「꽃제비의 소원」) 고귀한 인간의 마음을 가진 아이들이다. 그 아이들의 마음과 모습을 전하고자 백이무는 시를 썼다고 한다.

혈육에 대한 그리움과 죄책감은 굶주림만큼이나 강하고 고통스럽다. 이가연, 김성민, 김혜숙, 박영애, 박주희, 오은정, 지현아 등 이 시집에 수록된 시인들의 시 대부분이 가족과 고향에 대한 그리움과 죄책감으로 가득 차 있다.

엄마 나 서울에 있어
많이 보고 싶어
두 번 다시
엄마 두고 떠나지 않을게

그러니 하루 한 번
잠깐이라도 좋으니
별똥별이 되어 와줬으면 해
아주아주 잠깐만이라도

별이 유난히 밝은
오늘 밤엔 엄마가 올까, 하는 생각에
엄마가 좋아하는 꽃잎을 손에 쥐고 자거든

엄마

너무 보고 싶어

가끔이라도 좋으니

꼭 꿈에라도 잠깐만 와줘

– 이가연, 「엄마 발 내발」 부분

시인은 탈북 후 아파트에서 대학도 다니며 잘 살고 있지만 북에 두고 온 엄마에 대한 그리움으로 밤마다 기도하듯 엄마에게 편지를 쓴다. 신발 닳을까 맨발로 다니면서 두 딸을 힘들게 키운 엄마의 사랑을 기억하며 시인은 전할 수 없는 엄마의 신발을 산다. 엄마의 마음과 내 마음이 같듯 엄마 발과 내 발이 같을 테니 내 발에 맞는 신발을 고른다며, 언젠가 만나면 절대 떨어지지 말자고 약속하며 엄마에 대한 그리움을 달랜다. 이 시는 고난의 행군 시기의 이야기가 아니다. 이가연 시인이 돈이 필요해 가족을 떠나고 고향을 떠난 것은 2008년이다. 중국, 라오스, 태국을 거쳐 2011년 이십 대를 남한에서 보낸 젊은 탈북세대인데, 가족과 고향에 대한 그리움은 세대를 막론하고 가장 중요한 탈북시의 주제인 것이다.

하늘에 떠 있는 모든 것이 부럽다
바람도, 구름도, 새들도,
가고프면 가고 머물고프면 머문다.
자유란 말도 모르는 공중의 것들
그것들이 오히려 자유다.
나서 자란 고향이 그리워도
휴전선 철조망에 넝마처럼 걸리는 마음
그러면서도
자유를 말하는 내 입술이 지지리도 어색하다.

-도명학, 「결박된 자유」 전문

김일성종합대학을 나온 조선작가동맹 출신 북한의 엘리트 시인인 도명학은 2006년 탈북했다. 자유통일문화연대, 국제펜클럽 망명북한작가센터 등의 탈북문인단체에서 활동하며 북한의 실상을 알리고 탈북 문인들의 권익을 위해 노력하고 있다. 2006년 이전에도 탈북을 시도하다 정치범으로 수감되기도 했던 그에게 탈북이란 곧 '자유'를 의미한다. 시인은 오고 가는 것에 걸리는 것이 없는 바람, 구름, 새의 완벽한 자유를 부러워하지만 그의 마음은 고향을 갈 수 있는 자유에 고정되어 있다. 북한에서 그렇게 갈망하던 자유를 누리고 있지만 "자유를 말하는 내 입술이 지지리도 어색"한 것은 고향에 갈 수 있는 자유는 얻지 못했기 때문이다. 고향에 갈 수 있는 자유는 그 고향에 자유가 깃들어야 찾을 수 있다. 여전히 분단이 공고하고 북한이 유일무이한 폐쇄적 사회주의를 고수하며 주민들을 억압하며 핵개발로 한반도는 물론 세계의 평화를 위협하는 상황에서 그 고향은 너무나 춥고 어둡고 막막한 곳일 뿐이다. 도명학의 「철창 너머에」, 「곱사등이들의 나라」, 지현아의 「피에 주린 조국」, 「정말 아무도 없나요」, 송시연의 「진정 사람」, 「세뇌」 등에는 북한 현실에 대한 분석과 비판, 현실 인식이 드러나 있다.

고향 마을의 길이 끝나는 곳에서
야윈 황소가 지쳐 쓰러진 겨울 들판에서
생각의 나무는 늘 아프다

언제 새순 돋고
봄물 오르려나
파란 잎 떨치며 하늘을 우러를 거냐

가시나무 흔들리는

고향의 겨울은

왜 지금껏 추운 것이냐

- 김성민, 「찬 겨울바람이 불 때마다」 부분

오래토록

바깥세상을 모르고 산 저들은

귀엔 못이 박혀 있고

입은 빗장을 지르지 않아도

열 줄을 모른다

태어나 막힌 귀로

세뇌를 입고 사느라

환한 세상 구경 한번 못했다

맛있는 음식의 맛도 잘 모르고

예쁜 옷을 봐도 옥수수밥이 먼저다

철따라 꽃구경 가고

세상 구경 가는 사람들이 있는지도

부러워할 줄도 모른다
독재의 사슬에
순종이 몸에 익어
육신의 욕망을 모르고 사는 것이다

세뇌란 게 그렇게 무서운 건 줄
나도 지금에야 알았다
침침한 눈과 막힌 귀로
입마저 굳게 닫고
자유를 잃은 사람들
불행하게 사는 것에 익숙해진 사람들

자신을 굴종에 유기한 채
독재자를 빛인 양
마치 그곳이 온 세상인 것처럼

지금도 그렇게 살아가고 있다

- 송시연, 「세뇌」 전문

송시연은 「세뇌」에서 폐쇄사회, 독재사회에 사는 북한 주민들이 순종이 몸에 익어 욕망도 모르고 굴종이 굴종인 줄 모르고 독재자를 찬양하며 살아가는 현실을 보여준다. 시인은 맛있는 음식도, 세상의 아름다움과 여유도, 자유도 모르고 살아가는 사람들을 "자신을 굴종에 유기"했다고 표현한다. 굴종이 굴종인지, 불행이 불행인지 모르고 사는 현실 그것은 세뇌에 의한 것이다. 수천만이 집단으로 세뇌되는 것이 가능한 일인가? 그것이 가능한 사회, 북한에서는 인간의 기본적인 인간의 권리인 인권을 기대할 수는 없을 것이다. 시인은 몸과 마음의 욕망 없이 굴종하는 사람들이 세뇌되었다고 하지만 그것은 결국 인권이 없다는 뜻으로 이해된다.

4

70년에 이르는 한반도 분단의 아픔이 비단 탈북의 고통으로 대표될 수 없듯 이 시선집이 삼만 여명에 이르는 국내 탈북민의 그리움, 설움, 분노, 기원을 다 담아낼 수는 없을 것이다. 그러나 이 시선집에 담긴 시를 읽으며, 탈북민은 북한이라는 어둠에서 떠나야 하는 북한 주민의 고통을 투영하는 것이고 그들이 겪은 탈북 과정의 내적 트라우마는 인간의 존엄성을 위협하는 것임을 알게 된다. 떠나온 이들의 시가 처절한 아픔의 시라면 그들이 떠나야 했던 현실은 더 참혹했다는 것도 그 참혹함은 분단에서 온 것임도 새삼 깨닫게 된다.

| 펴내며 |

탈북 시인들의 시선집을 펴내며

시가 증언의 역할을 할 수 있는가에 관해서는 여러 견해들이 있어 왔다. 시는 산문과는 달라서 다만 존재하는 것이지 사회를 향해 메시지를 전달하는 문학은 아니라는 것이다.

그럼에도 시는 시대와 현실의 문제를 밝히는데 소설 못지 않은 역할을 해왔다. 언로가 막히고 표현의 자유가 제약당할 때 시는 신문의 작은 모서리를 직접 떼어다 붙이는 기법으로 현실을 '직접' 제시하기도 했다. 또 사람들 중에는 전장이나 노동현장이나 그 밖의 정치적 현장에서 겪은 경험을 바탕으로 시인의 길을 걷게 되는 경우도 많았다.

나치의 유태인 박해를 둘러싼 독일의 파울 첼란의 시, DMZ 군복무 경험을 시로 승화시킨 신대철 시인 등은 그 멀고 가까운 예들일 것이다.

이러한 맥락에서 이번 시선집 작업은 시가 북한에서의 삶의 진실을 얼마나 깊게, 또 넓게 보여줄 수 있는가에 대한 시금석 역할을 한다고도 할 수 있을 것이다. 탈북 시인들의 시는 형식이 평이하면서도 그에 함축된 삶의 모습이 절실하다 못해 처절하다고 할 수 있다. 시라는 양식이 없었다면 이루기 어려운 풍경들, 정경들일 것이다.

이 시선집에 실린 시들은 북한문학에 오랫동안 관심을 기울여 온 이상숙 교수와 서세림, 이지은 선생님의 적극적이고도 충실한 취사선택 노력을 거쳐 이루어졌으며 통일평화연구원의 연구 활동 지원을 밑받침으로 해서 가능할 수 있었다.

그동안의 노고와 지원에 깊은 감사의 말씀을 드린다.

2018. 2. 20

방민호(서울대 국문과 교수)

작품출처

1. 김성민, 「쌀에 대한 이야기」, 『망명북한작가PEN문학』 창간호, 2013. 12.
2. 김성민, 「그 여름을 내가 살았다」, 『망명북한작가PEN문학』 제2호, 2014. 12.
3. 김성민, 「동작대교 위에서」, 『망명북한작가PEN문학』 제3호, 2015. 12.
4. 김성민, 「찬 겨울바람이 불 때마다」, 『망명북한작가PEN문학』 창간호, 2013. 12.
5. 김성민, 「그곳에 가면, 너의 이름을 부르고 싶다」, 『계간 문학 에스프리』, 2015. 봄.
6. 김혜숙, 「아들이 왔다」, 『망명북한작가PEN문학』 제2호, 2014. 12.
7. 도명학, 「곱사등이들의 나라」, 『망명북한작가PEN문학』 창간호, 2013. 12.
8. 도명학, 「얼룩진 추억」, 『망명북한작가PEN문학』 제2호, 2014. 12.
9. 도명학, 「철창 너머에」, 『망명북한작가PEN문학』 제2호, 2014. 12.
10. 도명학, 「결박된 자유」, 『망명북한작가PEN문학』 창간호, 2013. 12.
11. 박영애, 「소나무 껍질」, 『망명북한작가PEN문학』 제2호, 2014. 12.

12. 박영애, 「엄마 생각」, 『망명북한작가PEN문학』 제2호, 2014. 12.

13. 박주희, 「만남의 그날까지」, 『망명북한작가PEN문학』 제3호, 2015. 12.

14. 박주희, 「보낼 수 없는 편지」, 『망명북한작가PEN문학』 제3호, 2015. 12.

15. 백이무, 「탈주자가족 매달기」, 『이 나라에도 이제 봄이 오려는가』, 글마당, 2013.

16. 백이무, 「제비」, 『꽃제비의 소원』, 글마당, 2013.

17. 백이무, 「살았니?」, 『꽃제비의 소원』, 글마당, 2013.

18. 백이무, 「최후의 몸부림」, 『꽃제비의 소원』, 글마당, 2013.

19. 백이무, 「꽃제비의 소원」, 『꽃제비의 소원』, 글마당, 2013.

20. 설송아, 「말 없는 두만강아」, 『망명북한작가PEN문학』 제3호, 2015. 12.

21. 설송아, 「이사가자요(동시)」, 『계간 문학 에스프리』, 2015. 가을.

22. 송시연, 「진정 사람」, 『망명북한작가PEN문학』 제3호, 2015. 12.

23. 송시연, 「세뇌」, 『망명북한작가PEN문학』 제3호, 2015. 12.

24. 송시연, 「거울」, 『계간 문학 에스프리』, 2015. 여름.

25. 오은정, 「고향길」, 『고향을 부르다』, 작은통일, 2015.

26. 오은정, 「벌거숭이 산」, 『고향을 부르다』, 작은통일, 2015.

27. 오은정, 「싫지만 가고 싶은 집」, 『고향을 부르다』, 작은통일, 2015.

28. 오은정, 「두만강의 봄」, 『고향을 부르다』, 작은통일, 2015.

29. 이가연, 「엄마 발 내 발」, 『엄마를 기다리며 밥을 짓는다』, 시산맥사, 2015.

30. 이가연, 「사랑-남북대화협력」, 『엄마를 기다리며 밥을 짓는다』, 시산맥사, 2015.

31. 이가연, 「고향」, 『엄마를 기다리며 밥을 짓는다』, 시산맥사, 2015.

32. 이가연, 「쌀독」, 『망명북한작가PEN문학』 제2호, 2014. 12.

33. 이가연, 「꽃제비들의 밥」, 『망명북한작가PEN문학』 제2호, 2014. 12.

34. 이수빈, 「지나친 기대는 실망의 뿌리」, 『힐링 러브』, 북마크, 2012.

35. 이수빈, 「자유를 찾아……」, 『힐링 러브』, 북마크, 2012.

36. 이수빈, 「난 더 잃을 게 없다」, 『힐링 러브』, 북마크, 2012.

37. 장 길, 「통일코리아」, 『통일코리아』, 2016. 여름.

38. 주아현, 「소원」, 『계간 문학 에스프리』, 2015. 여름.

39. 주아현, 「소중」, 『계간 문학 에스프리』, 2015. 여름.

40. 지현아, 「미안하다, 얘들아」, 『망명북한작가PEN문학』 제2호, 2014. 12.

41. 지현아, 「아버지」, 『망명북한작가PEN문학』 제2호, 2014. 12.

42. 지현아, 「정말 아무도 없나요」, 『망명북한작가PEN문학』 제3호, 2015. 12.

43. 지현아, 「피에 주린 조국」, 『망명북한작가PEN문학』 제2호, 2014. 12.

* 백이무, 이수빈 작가와는 연락이 닿지 않아 출판사와 출판협의를 하였습니다. 저작권료는 출판사에 지급하였습니다.